TEMPS PERDU

PAR

Alphonse EYRIES.

Si vous avez du temps à perdre,
Eh bien ! lisez donc : Temps perdu,
On gagne parfois croyant perdre,
Vous le saurez en l'ayant lu.

PRIX : 1 FRANC.

AVIGNON,
IMPRIMERIE ADMINISTRATIVE H. OFFRAY FILS,
Place Saint-Didier, 11.

1849.

TEMPS PERDU

TEMPS PERDU

PAR

Alphonse EYRIES.

Si vous avez du temps à perdre,
Eh ! bien, lisez donc : Temps perdu,
On gagne parfois croyant perdre,
Vous le saurez en l'ayant lu.

PRIX : 1 FRANC.

AVIGNON,
IMPRIMERIE ADMINISTRATIVE DE H. OFFRAY FILS,
Place Saint-Didier, 44.

1869.

TEMPS PERDU

PAR

ALPHONSE EYRIES.

A, MM. X***, de Sisteron.

J'ai cru faire, en mettant cette préface au jour,
Envers vous, chers amis, preuve de courtoisie.
En effet, j'ai pensé que dix ans de séjour
Dans le pays donnaient le droit de bourgeoisie.
Nous allons, s'il vous plaît, parler donc un moment
De notre Sisteron ; mais là, tout simplement,
Sans aller rechercher dans la fable ou l'histoire
Tout ce qui s'y passa dans le temps de notoire,
Sisteron, vous savez, n'a pas été toujours
Si modeste qu'il est : on a vu sur ses tours

Les Sisteronais armés de l'arbalète ;
Certain duc et ses gens, passant pour la conquête
Du duché de Savoie. purent voir la façon
Dont ils furent reçus jadis à Champbrancon.
On s'amusait d'ailleurs. Petite république,
Ses consuls prenaient soin de la chose publique :
Plus d'une fois fêtant des princes ou des rois,
Sous ses murs crénelés on donna des tournois.
En ce temps-là. certaine fille de Manosque,
Fit un trait dont. vraiment, on peut bien dire *osque* :
Comme François premier, ce joyeux compagnon,
Autour de ses appas faisait le papillon,
La belle, redoutant du galant une injure,
Pour sauver son honneur, se brûla la figure,
Pensant, dans sa vertu, qu'en voyant sa laideur,
Le grand roi sentirait s'éteindre son ardeur.
Ségustéronaises aussi braves que fières,
Luttant sur vos remparts auprès de Lesdiguières,
Non, la crainte jamais de Pierre ou de François
Ne vous a fait brûler, je crois, quoi que ce soit.
Je voudrais à présent, seulement pour mémoire,
(Je l'ai dit, mon récit. ce n'est plus de l'histoire),
Dire quelques mots du nombre prodigieux
Que compte Sisteron d'ordres religieux :
Dès le début, je vois une chose peu claire :
Pourquoi ce souterrain, construit sous sainte Claire ?
Le fait de ce tunnel allant aux Capucins,
Fait supposer à tort à des esprits malins,

Qu'au lieu d'aller chanter ou matines ou nones,
Les bons pères allaient rendre visite aux nonnes.
Bah ! laissons ces détails peut-être un peu scabreux,
Puis, quand ces braves gens se seraient vus entre eux ?...
Disons que Sisteron, plus tard, l'échappa belle :
Le peuple ayant tué quelqu'un de la gabelle,
Le roi, se contentant de lui faire un affront,
Prit deux fouets en croix et les lui mit au front.
La ville, maintenant tranquille et commerçante,
Devient de plus en plus prospère et florissante :
Certains produits du sol qui ne poussaient pas mal
Se développent mieux, grâce aux eaux du canal.
Je sais bien qu'à Bordeaux on n'y voudra pas croire :
Mais nous avons des vins qui se laissent bien boire ;
Et connaît-on assez l'huile de Montgervis
Dont la vue seulement fait prendre l'*aïoli* ?...
Ah ! si je ne craignais d'allonger trop ma tâche,
Je parlerais aussi de la fine pistache,
Et même du pruneau ; mais c'est un triste fruit
Que moi je n'aime pas à moins qu'il ne soit cuit.
Et vous, vous convient-il ? — Allons, cette revue
Nous mènerait trop loin. Adieu, je vous salue.

LES CADETS DE PROVENCE

Drame en 3 Actes.

PERSONNAGES :

Le Comte Renaud, chatelain, provençal.—Renaud, son fils.—
Idda, sa fille. — Julien, écuyer. — Raymond, grand-
maître des chevaliers de Rhodes. — Noureddin, émir. —
Zulica, sa sœur. — Montfort, Adhemar, jeunes Seigneurs
au service de l'émir.

ACTE PREMIER. — SCÈNE PREMIERE.

RENAUD, JULIEN.

JULIEN.

Cher Renaud, dites-moi, d'où vient votre tristesse ?
Vous voilà tout pensif ; qu'avez-vous qui vous blesse ?
Quel noir pressentiment vous tourmente ce soir ?

RENAUD.

Ah ! c'est toi, bon Julien. Je pense à ce manoir

Où coulait dans la paix ma jeunesse sereine ;
Éloigné des méchants, à l'abri de leur haine,
Auprès de mon vieux père et d'une tendre sœur
Qui, par leur double amour, faisaient tout mon bonheur.

JULIEN.

Ce bonheur, craignez-vous que quelqu'un le ravisse ?

RENAUD.

Oui, je crains que bientôt il ne s'évanouisse.
Tu ne sais pas, Julien, ceux qui portent blason
Ne suivent pas toujours les lois de la raison.
Pour que mon frère aîné tienne à la Cour sa place,
Il faut que moi, cadet, devant lui je m'efface.
Et pourtant si moi seul j'étais sacrifié,
Je ne serais encor malheureux qu'à moitié ;
Je ne tremblerais pas pour une sœur aimante,
Que le couvent attend pour l'enterrer vivante.
Voilà pourquoi mon front penche sous le souci.
Mais laisse-nous, Julien ; je l'entends, la voici.

SCÈNE II.

RENAUD, IDDA.

IDDA.

Mon frère, ce matin j'étais, avant l'aurore,
Assise sur la Tour, où je rêvais encore,

Le regard dans l'espace, attendant le soleil.
Or, lorqu'il a montré ses rayons de vermeil.
Inondant l'horizon de sa vive lumière.
J'ai vu venir au loin. dans un flot de poussière.
Un brillant chevalier, la croix rouge au manteau.
Que Julien a conduit vers le comte au château.

RENAUD.

Ce chevalier pour nous est d'un triste présage.
Je crains qu'il soit chargé d'un funeste message.
C'est notre oncle Raymond. grand-maître des Templiers.
Qui mande à notre père un de ses chevaliers
Lui rappeler sans doute une ancienne promesse
Qui devra m'enlever. ma sœur. à ta tendresse.

IDDA.

Oh ! mon frère. je tremble et pense avec effroi
Que peut-être il faudra me séparer de toi.

RENAUD.

Du courage, ma sœur, nous allons tout apprendre.
Puisque mon père ici nous a dit de l'attendre.

SCÈNE III.

LE COMTE. RENAUD, IDDA.

LE COMTE.

Vous voilà, mes enfants : vous n'aviez, ce matin,
Pas sur vos fronts joyeux cet air sombre et chagrin.

Heureux, dans ce manoir, au sein de la nature,
Vous meniez doucement une vie calme et pure....
Je n'aurais pas voulu la troubler de longtemps.
Mais, hélas, il le faut Raymond, votre oncle attend :
Vois la lettre, mon fils, qu'il vient de nous écrire,
Et que mes yeux voilés n'ont presque pas pu lire.

RENAUD lit :

« Depuis quand les cadets de nos grandes maisons
Ont, pour fuir leur devoir, invoqué des raisons ?
Ma nièce, vous savez, le couvent la réclame.
Et quant à mon neveu, c'est qu'il n'aurait pas d'âme,
S'il pouvait se complaire, oisif, dans un château,
Lorsque le Musulman foule le Saint Tombeau.
Peut-être qu'il est sourd à nos cris de Vengeance
Parce qu'il ne sait pas manier une lance ?
Ah ! son oncle, vraiment, serait le plus surpris
Qu'au château d'un Renaud on ne l'eût pas appris.

RENAUD.

Mon oncle veut blesser ; mais qu'à son tour il sache
Que dans notre famille on ne voit pas de lâche.

LE COMTE.

Calme-toi ! Calme-toi ! Sache tout supporter :
Et ma douleur, à moi, qui m'aide à la porter ?
Oh ! si j'avais encor, chers enfants, votre mère,
Sans doute elle serait alors bien moins amère.
Toi, ma fille, tu vas partir pour le couvent :

Ne pleure pas ; à toi je penserai souvent ;
Car, hélas ! une fois que tombera la grille.
Je ne pourrai jamais plus te revoir, ma fille.
Mais buvons jusqu'au fond cette coupe de fiel ;
Un jour tous réunis, nous nous verrons au ciel.

RENAUD.

Epargnez, ô mon père, épargnez sa faiblesse ;
Voyez, de sa douleur elle n'est plus maîtresse.

LE COMTE.

Reconduis-la, mon fils, dans son appartement,
Puis ici près de moi retourne promptement.

LE COMTE, *seul.*

C'est aujourd'hui pour moi le jour des sacrifices :
Soyez, mes saints Patrons, à mes enfants propices !...
Renaud va revenir ; puisse-t-il profiter

Des leçons de son père, avant de le quitter.

RENAUD (*entrant*).

Je suis prêt maintenant, mon père, à vous entendre.

LE COMTE

Ecoute donc, mon fils ; surtout sache comprendre.
Voilà ton bisaïeul, Renaud de Chatillon,
Qui suivit, le premier, Godefroi de Bouillon.
Vois quel air martial, quelle noble figure !

Regarde sur son front cette large blessure
Qu'il reçut devant Tyr en plantant son guidon.
Cet autre guerrier moine a porté le bourdon ;
Celui-ci, presque enfant, armé d'un cimeterre,
C'est Renaud, dit *le Beau*, que Richard d'Angleterre
Arma chevalier dans les plaines d'Assur.

RENAUD.

Je les imiterai, père, soyez-en sûr.

LE COMTE.

Va donc trouver ton oncle, et que ta valeur brille;
Tu gardes désormais l'honneur de ta famille.
Viens, avant de partir, cher enfant, sur mon cœur ;
Du courage, toujours ! Allons trouver sa sœur.

RENAUD (*seul*).

Il faut demain, c'est vrai, qu'elle entre au monastère
Pour y finir ses jours sous une règle austère.
Notre oncle ainsi le veut, et selon son désir,
Elle va pour toujours lier son avenir.
Ces sacrifices là, Dieu, je crois, les condamne ;
Il fit libre le corps, il n'enchaîne pas l'âme.

SCÈNE IV.

RENAUD. — IDDA. — JULIEN.

IDDA.

Il n'est donc plus d'espoir, mon malheur est donc sûr :
On va me renfermer dans quelque cloître obscur :
Que vais-je devenir si chacun m'abandonne ?
Car j'aime mieux mourir que vivre triste nonne
Dans un de ces couvents, tristes, silencieux,
Où ne pénètre pas même un rayon des cieux ;
Viens, frère, à mon secours, favorise ma fuite.

RENAUD.

Comment de notre père éviter la poursuite ?

IDDA.

Je puis t'accompagner sous l'habit d'écuyer.

RENAUD.

On te reconnaîtrait, prévois-tu ce danger ?

IDDA.

Sur mes traits restera, me cachant comme un masque,
La visière de fer brillante de mon casque.

RENAUD.

Julien restant ici, on nous soupçonnera.

IDDA.

Il connaît mon projet, Julien disparaîtra ;
Mon père, trop ému pour me cloîtrer lui-même,
S'est reposé sur lui de ce souci suprême.
Près du couvent demeure un brave métayer,
Bernard, dont j'ai souvent visité le foyer :
Je t'attendrai chez lui, tranquille, sous sa garde.

RENAUD.

Je me rends à ton vœu, le reste me regarde.

JULIEN (intervenant).

Qu'est-ce donc, mes amis ? Vous semblez vous troubler.

RENAUD.

Si tu m'aimes, Julien, tu vas me le prouver.

JULIEN.

Je pourrais m'offenser, Renaud, de votre doute ;
Mais je suis indulgent. Parlez, je vous écoute.

RENAUD.

Eh bien ! mon cher Julien, il s'agit d'un secret,
Et d'avance je sais que tu seras discret.
Un jour tu me disais que ma sœur sous l'armure
Aurait l'air martial et fort bonne tournure.
Si donc, pour éviter . . . Je vois que tu m'entends.

JULIEN.

Votre sœur m'a tout dit ; aussi, je vous comprends.

RENAUD.

Reçois donc nos adieux , et souviens-toi de taire
A tous et en tout lieu, à jamais, ce mystère.

JULIEN (seul).

Ah ! sur mes cheveux blancs quel triste jour a lui !
Moi, vieillard, qui croyais mourir auprès de lui ,
Qui l'ai vu tout petit, quand il perdit sa mère,
Tendre ses bras vers moi, qu'il prenait pour son père !
Son père, je le fus ; enfant presqu'au berceau,
Qui, sans doute, sans moi serait dans le tombeau,
Puisque je fus chargé de sa jeune tutelle.
Il a d'abord par moi su se tenir en selle,
Puis après, je l'appris à dompter un cheval,
Et dans tous les combats à vaincre son rival ;
Car j'espérais alors l'y conduire moi-même.
Mais je me suis trompé ; voilà donc comme il m'aime !...
Il part avec sa sœur, abandonne Julien.
Non, cela, mon enfant, non, cela n'est pas bien.
Que vois-je ? De l'argent ! Il m'a laissé sa bourse !
Sans doute qu'il a craint de me voir sans ressource ;
Peut-être il s'est dit même en me jetant cet or :
Il va se consoler en comptant son trésor.
Non, non, j'ai dans le cœur un chagrin qui me tue.
Partez, je vous suivrai comme à pas de tortue ;
Et je serai, lorsque vous me croirez très loin,
De toutes vos actions l'invisible témoin.

ACTE II. — SCÈNE PREMIÈRE.

RAYMOND, RENAUD, IDDA.

RAYMOND.

Arrive dans mes bras, mon cher Renaud, avance;
Il t'a fallu quitter cette belle Provence,
Où, jeune, j'ai passé tant d'heures de bonheur,
Près de ta pauvre mère, alors ma tendre sœur.
J'avais besoin de toi pour un coup de hardiesse.
Les Turcs, nos ennemis, par force ou par adresse,
Veulent prendre ce fort, et leur farouche Emir
L'autre jour durement me somma de l'ouvrir.
Son étendard, qui flotte, est pour nous un outrage ;
Or, j'ai compté sur toi pour confondre sa rage :
Ainsi, tu vas partir toi-même cette nuit
Avec cent chevaliers, secrètement, sans bruit,
Et tâcher d'immoler l'émir qui tient campagne.
J'attends cela de toi ; pars, mon cœur t'accompagne.

RENAUD.

Je suis heureux d'avoir à combattre sitôt,
Mon oncle, vous verrez mon courage bientôt.

SCÈNE II.

RAYMOND, UN ENVOYÉ DU PAPE, UN COURRIER
DU ROI DE FRANCE.

L'ENVOYÉ DU PAPE, *remettant un écrit.*

« De la part de Clément, le Saint-Père, mon maître. »

RAYMOND, *à part.*

Traître !

LE COURRIER DU ROI DE FRANCE, *donnant un autre
écrit.*

Grand-maître, de la part de mon roi très chrétien.

RAYMOND.

C'est bien.

RAYMOND, *après avoir lu.*

Le pape est mécontent, il me menace, il gronde,
Semblant n'avoir des yeux que sur moi seul au monde.
Le roi se plaint aussi ; là, là, là. Je crains bien
Qu'il n'existe entre eux deux un mystérieux lien.
Oui, sans doute jaloux des richesses de l'Ordre,
Pour le perdre, on l'accuse à dessein, de désordre.
Aussi j'entends sans cesse une voix qui me dit :
Crains la confiscation, redoute l'interdit.
Nous soutenons la foi, combattons l'infidèle:
Que nous a rapporté jusqu'ici notre zèle ?

Ah ! si l'Ordre pouvait de tous deux s'affranchir,
On ne le verrait pas à chaque instant fléchir.
« Nous violons, dit le roi, même ses priviléges,
Vous êtes, dit Clément, des soldats sacriléges :
Je sais qu'on introduit quelquefois nuitamment
Des femmes parmi vous, sous un déguisement. »
Des femmes ? Dans ces lieux ? Mais quel trait de lumière :
Si ce jeune écuyer, caché sous sa visière,
Qui tantôt paraissait redouter le grand jour...
Ah ! Je vais éclaircir mon doute à leur retour.

SCÈNE III.

RAYMOND, UN CHEVALIER.

LE CHEVALIER.

Vous ne les verrez plus soupçonnant l'entreprise :
L'émir a massacré notre troupe surprise :
A peine au pied des murs, au bruit de mille voix,
Des torches, tout à coup, s'allumant à la fois,
Et projetant au loin leurs lueurs éclatantes,
Nous ont montré les Turcs armés devant leurs tentes.
Votre brave neveu s'est élancé sur eux,
Avec son écuyer ; et ces deux jeunes preux
Ont un moment tenu, par des traits de vaillance,
Entre l'émir et nous la victoire en balance.
Leurs forces à la fin, trahissant leur vertu,
Ils ont tombé tous deux. Voilà ce que j'ai vu.

RAYMOND.

Ah ! c'est bien là toujours la funeste bravoure
Que déploya jadis son grand-père à Massoure,
Lorsque, percé de coups, défendant saint-Louis,
Il périt à ses pieds en criant : Saint Denis !
Que va dire son père ? Il ne voudra pas croire
Que son enfant chéri, son espoir et sa gloire,
Soit mort d'un sort funeste et presque en arrivant.
Courons le délivrer ; peut-être est-il vivant ?

SCÈNE IV.

L'ÉMIR, NOUREDDIN, RENAUD, IDDA.

L'ÉMIR.

Le grand-maître Raymond s'imaginait peut-être
Que pour nous effrayer il n'avait qu'à paraître.
Il connaît maintenant les braves Osmanlis,
Il a vu mon Croissant vaincre ses Fleurs de Lys.
Tombés sous le tranchant de notre cimeterre,
Le sang de ses templiers a rougi cette terre ;
Il voulait délivrer ces jeunes insensés
Que j'ai vaincus tantôt ; qui, grièvement blessés,
Quand ils ne s'attendaient qu'à subir des tortures,
M'ont vu faire panser moi-même leurs blessures.
Non, je ne ferai pas, j'en jure le Prophète,
Tomber un seul cheveu seulement de leur tête.
Mais qu'on n'espère pas pouvoir les arracher

Malgré moi de ce camp ; Osman, va les chercher.
Osman est mon ami : je sais pourtant qu'il blâme
Ma générosité. Mais en vain on réclame
La vie de ses enfants que je tiens dans ma main :
On ne pourra jamais m'empêcher d'être humain.

SCÈNE V.

L'ÉMIR, RENAUD, IDDA.

L'ÉMIR.

Chrétiens, quand on combat avec tant de courage,
A sa propre valeur on fait soi-même outrage
En venant attaquer ses ennemis la nuit ;
J'aime à combattre, moi, lorsque le soleil luit :
Car alors la valeur éclate sans entrave
Et c'est ainsi qu'on doit agir quand on est brave.
D'ailleurs, que nous servions le Christ ou le Croissant,
Nous n'avons, tous, au ciel qu'un seul Dieu tout-puissant,
Qui nous fit même chair, nous donna mêmes fibres,
C'est en son nom que moi, l'émir, je vous fais libres.

SCÈNE VI.

IDDA, RENAUD.

IDDA.

Ah ! que le ciel l'éclaire et qu'il le rende heureux !
Un chevalier chrétien n'est pas plus généreux.

RENAUD.

On le disait cruel, voilà comme on nous trompe !
Comme il est grand, sans art ; magnanime, sans pompe !

IDDA

Mon frère, le combat offrait moins de danger
Que le noble regard de ce fier étranger,
Et lorsque sur mon sein sa lance s'est brisée,
Je suis en le voyant mortellement blessée ;
Je vois un sentiment inconnu m'envahir,
J'aime, je sens, celui que je devrais haïr.

RENAUD.

Je te plains, chère sœur, j'avais lu dans ton âme ;
Mais apprends qu'à mon tour, l'amour aussi m'enflamme.
Oui, si ce bel émir a subjugué ton cœur,
Le mien battra toujours désormais pour sa sœur.

IDDA.

Fuyons donc les périls d'une commune ivresse,
Car tout retard augmenterait notre faiblesse,
Et puisque la fortune a trompé nos efforts,
Retournons près de ceux qui déjà nous croient morts.
J'ai foi que Dieu, qui veut qu'on l'aime et qu'on le serve,
Pour nous récompenser quand nous ne serons plus,
Nous gardera l'amour immortel qu'il réserve
A ces cœurs affligés qui se seront vaincus.

RENAUD.

L'amour a des secrets, folie pour qui les sonde !
Mais attendre d'aimer qu'on soit dans l'autre monde ,
C'est laisser le présent pour l'obscur avenir,
Un bonheur que l'on tient pour un lent à venir.

IDDA.

Si tu n'es pas touché du souci de ta gloire,
Songe au moins à sauver l'honneur de ta mémoire ;
Tu portes sur ton cœur la croix, signe divin,
Par lequel autrefois fut vainqueur Constantin,
Et les yeux sur la Croix, la figure sereine,
Les chrétiens s'en allaient souriants dans l'arène,
Sous le regard d'un peuple orgueilleux et cruel,
Du lion et du tigre affronter le duel.

RENAUD.

Non, c'en est fait, ma sœur, cet amour qui m'entraîne,
Dans le camp de l'émir fatalement m'enchaîne.

IDDA.

Comment ! Ne vois-tu pas que ce noble blason
Rappellera sans cesse ici la trahison ?
Ah ! puisqu'à cet amour ton âme s'est livrée.
En délaissant le Christ, quittez-en la livrée.

RENAUD.

Prends cette épée, ma sœur, ce manteau de Templier,
Que d'avoir pu porter je serai toujours fier ;

Je les remets sans crainte à ton noble courage
Je ne puis faire plus, c'est tout mon héritage,

IDDA.

Puisses-tu, malheureux, c'est mon dernier adieu,
Retourner à ton père, à l'honneur, à ton Dieu.

SCÈNE VII.

RENAUD, ADHÉMAR, MONTFORT, JULIEN.

RENAUD.

Voilà le premier fruit de ma folle conduite.
Ce qu'elle me vaudra, nous le verrons ensuite :
Mais déjà dans mon cœur, c'eut un coup de poignard,
Que bien d'autres vont suivre et sans doute pas tard.
Ah ! je sais qui n'est pas soumis à ma misère:
C'est Gaston, mon aîné, c'est le marquis mon frère.
Beau, riche, séduisant, on le voit tour à tour,
Eblouir de son luxe et la ville et la cour.
Parce qu'il est l'aîné, le chef de la famille,
Il faut que moi, cadet, que sa sœur, pauvre fille,
A des hasards lointains nous soyons entraînés.
Et quels sont donc les droits enfin, de ces aînés ?

ADHÉMAR, (survenant).

Qui parle ici d'aînés ? Voleurs que la nature
Fit éclore au foyer ! Oh ! mais quelle figure !
D'où te vient, cher ami, ce regard atterré ?

Par le diable ! on dirait que l'on t'a déterré.
Allons, secouons-nous, vive la Gaudriole !
Tout n'a qu'un temps, mon cher, la jeunesse s'envole;
Tiens, tiens, voici Montfort, un jovial garçon,
A qui jamais l'amour n'enleva la raison,
Et qui ne rêve pas quelque pauvre chaumière,
Où l'on vit amoureux, près d'une humble fermière.
Pourquoi, Montfort, voyons, ici tu t'es rendu ?

MONTFORT.

Moi ? c'est tout bonnement pour n'être pas pendu.
Car mon fait est bien simple et vous allez l'entendre.
Chargé de quelques fonds pour ses troupes de Flandre,
Le roi me fit partir avec six cents dragons
Pour aller assiéger les ennemis dans Mons.
Tous les jours de combat étant pour nous des fêtes,
J'eus bientôt, pour ma part, conquis de fortes dettes,
Et comme j'ignorais le métier de rentier,
Je fis sans me gêner le roi mon créancier.
Voilà donc de l'argent : sans scrupule je puise
Sur ces fonds destinés à l'avant-garde suisse.
Tiens-Bon la commandait, une espèce de fou
Qui laissait tout en plan s'il lui manquait un sou.
Comme on devait livrer dans trois jours la bataille,
Les Suisses sans argent, prétendant qu'on les raille,
Décampent dans la nuit, et puis le lendemain
Pas plus de Suisses que j'en ai dessus la main.
On dit au roi, surpris de leur lâche conduite,

Que n'ayant pas leur solde ils avaient pris la fuite,
Et le roi furieux, dit qu'on saisît l'agent,
Qui s'était avancé ce malheureux argent.
On m'empoigne aussitôt, on me met les menottes;
En voulant me défendre on me casse deux côtes.

ADHÉMAR.

Eh bien ! j'aurais cru, moi, lorsque le roi l'apprit,
Qu'il t'aurait envoyé l'Ordre du Saint-Esprit.

MONTFORT.

Sans doute j'y comptais ; pourtant il n'eut pas honte
D'envoyer le bourreau pour régler notre compte.
C'était un ex-pendu, qui vint d'un air matou
Me voir pour son plaisir, examina mon cou,
Puis ferma brusquement la porte de ma chambre.
Grommelant dans ses dents : Il faudra du bon chanvre!
Je ne dormis pas bien..., et de très bon matin,
Ma porte se rouvrit devant un franciscain;
Grand gaillard jouissant d'une éloquence extrême,
Qui me fit un sermon qui valait un carême.
    « Vous n'aviez, mon ami, pas de mauvais dessein,
« Quand vous avez commis, me dit-il, ce larcin.
« Mais le roi, mon enfant, a de drôles manières
« D'envisager toujours ces sortes de matières.
« Comme nous, pauvres gens, il ne les juge pas,
« Nous en avons l'exemple ici dans votre cas.
« Vous m'auriez, par hasard, à moi, pris cette somme,

« J'aurais considéré sûrement cela comme

« Un très bon placement, et j'aurais, sans regret,

« Attendu mon argent avec son intérêt.

« Eh bien ! mon cher, le roi ne le veut pas comprendre.

« Encore s'il pouvait, m'a-t-il dit, me le rendre !

« Mais non, car le vaurien l'aura déjà croqué,

« En alléguant que c'est un argent escroqué,

« Dit que pour ce motif il est bon qu'on vous pende.

« Il a tort ; que croyez-vous que cela lui rende ?

« S'il voulait regarder les choses d'un peu loin,

« Il verrait que pour lui c'est un rayon de moins. »

    Comme il voyait que rien ne pouvait me distraire :

« Puis, quand on vous pendrait, mon Dieu, la belle af-
[faire !]

« Ecoutez, mon enfant, parlons un peu raison :

« Que croyez-vous que soit, voyons, la pendaison ?

« Un peu de nœud coulant, qui sous le menton serre,

« Tandis que vos deux pieds ne touchent pas à terre,

« Vous balancez ainsi pendant un bon moment,

« Et cela sans effort, sans le moindre tourment.

« On couvre un homme laid, crainte qu'il ne grimace,

« Pour vous, joli garçon, vous mourrez avec grâce. »

Enfin, mes chers amis, qui l'aurait entendu

Eut payé sûrement afin d'être pendu.

Mais j'ai l'esprit mal fait : je ne me piquais guère

De balancer mes pieds au-dessus de la terre ;

Je feins donc tout, contrit, d'entrer en oraison.

Puis, le moine parti, je brise ma prison

Et je cours à Marseille : Une mauvaise barque
Que montaient des Génois, à Rhodes me débarque.
Là, parmi Chrétiens, Turcs, j'ai bientôt fait mon choix.
Je coiffai le turban et je laissai la croix.
Lorsqu'on vous vantera l'attrait de vous voir pendre,
Décampez comme moi ; ne vous laissez pas prendre,

ADHÉMAR.

Le tour n'est pas mauvais ; il est même assez bon,
Et sans doute au besoin nous suivrions la leçon.
Mais voyons, penses-tu, mon cher, que ton histoire
Nous rafraîchisse assez pour tenir lieu de boire ?
Bah ! voilà des flacons, on semble avoir prévu
Qu'on aurait soif après qu'on l'aurait entendu.
Moi, tel que me voilà, j'ai manqué d'être évêque.
Evêque ! pourquoi pas même dire archevêque ?
Car j'ignore pourquoi, ni par quelle raison....
Bref, on a toujours vu d'évêque à la maison ;
Je devais, à mon tour, un jour coiffer la mitre,
Et solennellement présider un chapitre.
L'évêque de Fréjus, mon oncle maternel,
Ne rêvait que cela, chez lui comme à l'autel,
C'était un Saint Prélat, vivant dans l'abondance,
N'ayant jamais connu que festins et bombance,
Mais qui laissait d'ailleurs, en homme bien appris,
Le reste à ses vassaux, quand il avait tout pris.
Ma famille, elle aussi, se croyant déjà sûre
De mon consentement, poussait à la tonsure ;

Mais le plus empressé de me voir au lutrin
Était mon frère aîné le vicomte, un malin !...
Seul, un être chéri dont je pleure la perte,
Que je n'ose nommer (Ah ! pardonne-moi, Berthe !)
Gémissait en secret, me gardant son amour.
Moi, je l'aimais aussi : Berthe, lui dis-je un jour,
A quoi bon tous ces pleurs, de quoi cela nous sert?
Viens, fuyons nos tyrans, allons dans un désert ;
Fuyons une famille injuste et intraitable.»
Berthe aima mieux mourir que se croire coupable.
Alors je demandai, la rage dans le cœur,
A la société raison de mon malheur.
Et quand je m'aperçus, à ma demande sourde,
Qu'elle invoquait le ciel pour faire ma part lourde,
Je quittai mon pays, refusant de servir
Ce Dieu qui tuait Berthe en voulant m'asservir.

MONTFORT.

Noyons dans ce bon vin ce souvenir tragique.
Tu ne pouvais, ma foi, te montrer plus logique.
Cependant nous, cadets, nous passons pour des gens
Qui raisonnent, c'est vrai, mais qui n'ont pas de sens !
Tandis qu'à nos aînés nous devons rendre hommage,
Comme s'ils avaient, eux, la sagesse en partage.
Ah ! nous les connaissons ! Méchants, hautains, rusés,
Egoïstes surtout, toujours intéressés,
Ces maîtres suzerains, ces chefs de nos familles,
Ne vendent plus nos droits pour des plats de lentilles ;

Les notaires, d'abord, protesteraient tout net.
S'ils les voyaient jamais prendre cette habitude,
Qui simplifierait trop le travail de l'étude.
Et pourtant j'aimerais, puisqu'ils ont si grand air.
A les voir casque en tête et gantelet de fer,
S'illustrer dans les camps, et montrer leur courage :
Ce serait leur devoir, puisqu'ils ont l'héritage.
Est-ce nous, leurs cadets, mis hors de la maison,
Qui devons prendre soin de leur noble blason ?
Non, non, déshérités, voués à la prière,
Nous partons, décrochant quelque vieille rapière,
Et nous allons montrer qu'issus du même sang,
Nous aurions, si bien qu'eux, soutenu notre rang.
Par Dieu ! s'il suffisait, recouvert de dentelles,
Sous les balcons dorés, de se montrer aux belles
Ou bien de parader aux lustres des salons,
Pour cela, mes amis, je crois qu'ils seraient bons ;
Mais l'amour de l'argent, envahissant leur cœur,
Leur a fait oublier leur antique valeur.

ADHÉMAR.

Nous voilà donc ici, chacun par aventure,
Fuyant la corde, moi ; toi, la Cléricature...
Et notre cher Renaud, venait-il guerroyer ?

RENAUD.

Non, moi, j'aurais voulu rester à mon foyer,
Ne voyant que d'amis partout dans la nature.

Du sang de mes pareils je voulais ma main pure.
J'aimais le doux séjour de notre vieux castel,
Les grands arbres du parc, et puis le ménestrel
Venant charmer le soir mon pauvre cœur malade,
En chantant sur sa lyre une ancienne ballade.
Car, moi, je ne suis pas comme vous aguerri ;
Il me semble pourtant que je serais guéri
Si j'entendais un chant, une simple romance,
Quelque chose, en un mot, qui vînt de la Provence.

JULIEN, invisible.

Ma cabane de chaume
Est là bas sous un pin ;
Près d'un vallon qu'embaume
La douce ardeur du thym.
Et moi, pauvre trouvère ,
Je partis un matin,
En laissant ma fougère
Pour le poudreux chemin.

RENAUD, surpris.

Qu'entends-je ! O ciel ! n'est-ce pas une erreur ?
C'est la voix de Julien, mon ancien serviteur.

JULIEN, apparaissant.

Oui, c'est moi : c'est Julien, votre écuyer fidèle,
Dont vous avez trop tôt délaissé la tutelle
Et qui secrètement a suivi tous vos pas.

Pour voir si à l'honneur vous ne failliriez pas.
Mais vous êtes tombé, malheureux, dans l'abîme ;
Votre amour insensé vous conduit jusqu'au crime.
Dois-je aller informer jusque dans sa maison
Un père aux cheveux blancs de votre trahison ?
Devant cent chevaliers, dois-je dire au grand-maître :
Votre neveu Renaud, si brave, n'est qu'un traître ?
Oh ! non, j'aimerais mieux souffrir plutôt la mort !
Tu pleures... Ah ! tu m'entends; seulement ton cœur dort.
Eh ! bien, qu'alors, mon fils, ce noble cœur s'éveille
Pour suivre le sentier que ma voix lui conseille !

MONTFORT.

On ne s'attendait guère, après une chanson ,
A se voir débiter ce tout petit sermon.

ADHÉMAR.

Je comprends : c'est Renaud, pour nous jouer un tour,
Qui nous aura voulu montrer son troubadour.

JULIEN.

Cessez de m'outrager, ô langues de vipères.
Sont-ce là les leçons, dites-moi, de vos pères ?
Jeunes écervelés, traîtres à votre roi,
Qui sans pudeur avez renié votre foi !
Ah ! vous voilà surpris : ce langage vous fâche.
Sachez donc qu'à mes yeux vainement on se cache.
Tu es Adhémar, toi, et toi, tu es Montfort.

Dont le père de honte est depuis longtemps mort,
Vous espériez aussi cacher votre équipée.
Eh quoi ! vous frémissez ! tirez-la, votre épée !
Vous pouvez la rougir dans mon sang sans danger ;
Je ne suis qu'un vieillard et qu'un pauvre écuyer.
Mais je vois la rougeur qui sur votre front monte ;
Je vois votre regard se détourner de honte :
C'est qu'il y a plus d'honneur sous cette simple loque,
Sous ce pourpoint jauni, sous cette pauvre toque,
Que chez vous, Adhémar et Montfort réunis,
Traîtres, qui combattez dans les rangs ennemis !...

ACTE III. — SCÈNE PREMIÈRE.

NOUREDDIN. ZULICA, RENAUD.

NOUREDDIN.

Qu'il est triste parfois de comprimer son cœur
Et de ses propres mains détruire son bonheur !
Elle ignorera donc toujours combien je l'aime,
Et de tout elle enfin combien mon ame est pleine !...
Oui, j'aurais tout donné, ma part de paradis,
Tes plaisirs, Mahomet ! et toutes tes houris ,
Oui, pour un seul regard de la belle chrétienne
Dont l'ame virginale a fait vibrer la mienne,
Et qui, trop tôt, hélas ! disparut à mes yeux,
Comme un rayon d'azur par où j'ai vu les cieux.
Oublions, s'il se peut ! pensons à notre cause :
Son frère aime ma sœur éperdûment, mais n'ose
Lui dire son amour : ah ! valeureux chrétien !
J'ai brisé mon bonheur, je veux faire le tien :
Je vais dire à ma sœur...

ZULICA, *survenant.*

Et qu'allez-vous lui dire ?
Sans doute qu'à ses vœux il me faudra souscrire ?

NOUREDDIN.

Vous l'avez dit, ma sœur. Si vous montrant ici,
Des choses de la foi vous avez du souci ,
En donnant votre main à Renaud qui vous aime ,
Son amour le rendra l'esclave de ma haine ,
Et vous aurez ainsi sans peine, vous, ma sœur,
Conquis à l'Islamisme un puissant défenseur.

IDDA.

Le prophète n'a pas besoin pour se défendre
De l'aide de Renaud : je ne veux pas l'entendre.

NOUREDDIN.

Calmez, calmez, ma sœur, votre ressentiment.
Si votre âme éprouvait le même sentiment ,
Sans doute qu'à ses vœux vous seriez plus sensible.
Supposons, de l'aimer, qu'il vous soit impossible :
Feignez, puisqu'il le faut, dans cette occasion ,
D'écouter sans colère au moins sa passion ;
Vous savez que mon but est de prendre la place :
Laissez-vous donc toucher, écoutez-le, de grâce !

ZULICA.

Ah ! s'il avait suivi l'exemple de sa sœur,
Peut-être il eût trouvé le chemin de mon cœur.
Mais je regarderai toujours comme une injure
L'aveu qui me viendra d'une bouche parjure.

NOUREDDIN, *seul.*

Ce n'était pas assez de ma propre douleur :
Il faut que ce soit moi qui déchire son cœur !
Mon zèle vainement se trouve sans reproche,
Je sens mon embarras s'accroître à son approche.
Ah ! le voici venir ! j'entends déjà ses pas :
Qu'elle ignore toujours qu'elle ne l'aime pas !

RENAUD, *entrant.*

Je viens, mon cher émir, tout empressé d'apprendre
Si je dois au bonheur renoncer ou prétendre.

NOUREDDIN.

Ce bonheur, cher Renaud, je voudrais vous l'offrir,
Car je comprends combien vous avez dû souffrir.
Inclinons-nous tous deux devant un sort funeste :
Si vous perdez ma sœur, mon amitié vous reste.

RENAUD.

Ah ! puisse donc périr le souvenir du jour
Où mon cœur s'enflamma d'un malheureux amour

SCÈNE II.

IDDA . JULIEN.

IDDA.

Héros de ma maison, guerriers des temps passés,
Dans cent combats lointains noblement trépassés,
Vous tous, ô mes aïeux, dont le bouillant courage
S'est jusqu'à moi transmis, éclatant d'âge en âge ;
Vous qui me regardez du céleste séjour,
Vous ne prévoyiez pas que vous verriez un jour
L'arme qu'ont illustré les preux de la famille,
Tomber entre les mains débiles d'une fille !
Pour elle cependant ne vous effrayez pas ;
Je suis, vous le savez, d'un sang qui ne ment pas,
Et puisque l'héritier de notre noble race
Faillit à son devoir, moi, sa sœur, à sa place,
Je promets hardiment et la main sur le cœur,
De conserver intact ce gage de l'honneur.
Mais quel est donc là-bas celui qui s'achemine
Vers moi d'un pas pesant et dont le front s'incline
Pensif et soucieux ? Il va comme à tâton ;
Egaré, chancelant, courbé sur son bâton...
Julien !! Non, je me trompe ; oh ! c'est une méprise !...

JULIEN, *parvenu près d'elle.*

Vous ne vous trompez pas ! ne soyez pas surprise
De rencontrer Julien comme vous dans ces lieux.
Vieux serviteur, je me suis fait un soin pieux,
Du jour où vous partiez pour la terre étrangère,
De vous suivre partout avec les yeux d'un père.

IDDA.

Ah ! vous savez alors quel triste dénoûment...

JULIEN.

Je sais que ni vos pleurs, ni moi, mon dévoûment,
N'ont rien pu sur le cœur d'un malheureux parjure.
Vous êtes une enfant, vous héroïque et pure !
Pour votre frère, à nos conseils demeuré sourd,
Croyez que son bonheur lui sera bientôt lourd.
Et pourtant le bonheur n'est pas une chimère.
L'homme n'est pas créé pour la seule misère,
Les soucis dévorants, le sombre désespoir...
Le bonheur, on le trouve en faisant son devoir.

IDDA.

J'ai mal fait de partir ; j'aurais dû, sans me plaindre,
Ceindre mon front du voile et au couvent m'éteindre.

JULIEN.

De notre sort à tous arbitre souverain,
Dieu, sans doute, sur vous a quelque autre dessein.
Venez : allons trouver votre oncle le grand-maître.

IDDA.

Non ; je tremble, Julien, devant lui de paraître.

JULIEN.

N'ayez aucune crainte, il aura du bonheur
A presser dans ses bras la fille de sa sœur.
Hâtons-nous d'arriver : regardez dans la brume
Rhodes que d'un côté les flots baignent d'écume ;
De l'autre... qu'ai je vu ? Les Turcs donnent l'assaut !
Précipitons nos pas, courons, volons ! Il faut
Aller les attaquer... Si le ciel nous seconde,
Nous rentrerons vainqueurs aux yeux de tout le monde.

IDDA.

Oui, le ciel vient en aide à mon malheureux sort,
En m'offrant l'occasion d'une si belle mort.

SCÈNE III.

LE GRAND-MAÎTRE, PLUSIEURS CHEVALIERS.

UN CHEVALIER.

Grand-maître Renaud vit, renaissez à l'espoir.
Retour inespéré ! Nous venons de le voir,
Au milieu de l'ardeur d'une lutte inégale,
Déployer pour rentrer sa valeur sans égale.
Soyez tout au bonheur de le voir revenir.

(Plusieurs chevaliers entrent, portant Idda sous les habits de Renaud.)

Il arrive, c'est vrai, mais — hélas ! pour mourir.

JULIEN, *vivement.*

Grand maître, par prudence, écartez cette foule.

LE GRAND-MAITRE.

Oh ! mon Dieu ! pauvre enfant ! Oh ! comme son sang
[coule !

(Il soulève son casque, disant :)

Son casque tout sanglant n'est qu'une informe pièce.
Ah ! Quel mystère affreux ! C'est Idda ! c'est ma nièce !
Par quel hasard funeste ou quel horrible sort
Se trouve-t-elle ici mourante dans ce fort ?
Mais alors, dites-moi, qu'est devenu son frère ?

JULIEN.

Il a renié Dieu, déshonoré son père !
Tandis qu'un fol amour le retient chez l'émir,
Sa sœur, sous ces habits, à vos yeux vient mourir.

LE GRAND MAITRE.

Chère et vaillante enfant, tu meurs à ton aurore !
Oh ! je sens son cœur battre, elle respire encore...
Seigneur, entends ma voix ! daigne épargner ses jours,
Et je te bénirai chaque instant de mes jours.

IDDA, *mourante.*

Exaucez ma prière avant que je succombe :
Faites graver le nom de Renaud sur ma tombe.

LE GRAND-MAITRE.

Ainsi nul, pauvre enfant, à toi ne pensera !...

IDDA.

Mon oncle, Dieu là-haut me récompensera. (Elle meurt).

LE GRAND-MAITRE.

Eh bien ! oui, pour sauver l'honneur de la famille,
Je ferai ce que veut cette héroïque fille.
Un modeste tombeau dressé sous ces créneaux
Portera l'inscription : Là repose Renaud,
Qui périt bravement combattant l'infidèle.
Et pourtant c'est cruel, ce n'est pas lui, c'est elle.
Mais ainsi restera pur le noble écusson
Qu'ont porté cent guerriers d'une illustre maison.

SCÈNE DERNIÈRE.

RENAUD, JULIEN.

RENAUD.

Je crois que mon malheur a comblé la mesure,
Rongé par le remords, seul avec mon parjure,
Je suis suis sorti ce soir, espérant cette nuit
Vainement secouer ce remords qui me suit.
J'ai voulu voir ces murs que je devais défendre,
Ainsi que ce chemin que l'on m'a vu descendre
Rien n'a changé depuis. Ici, ce tertre vert ;
Là, ces créneaux béants sur ce fossé couvert.
Horreur ! que vient d'heurter mon pied dans ces ténèbres?
Un tombeau tout récent, des emblèmes funèbres !
La terre toute fraîche... est privée de gazon...
Un nom paraît écrit... C'est le mien ! mon blason !
Sors donc de ce tombeau ! je veux voir face à face
Celui qui prend mon nom et se met à ma place.

JULIEN *accroupi, se soulevant tout à coup.*

Profane, arrêtez-vous. Respectez le repos
De ceux qui pour leur foi moururent en héros.
Vous n'avez plus, Renaud, qu'à répandre des larmes.
Sachez que votre sœur, couverte de vos armes,

A péri bravement ici, sur ces remparts,
Aux yeux des ennemis fuyant de toutes parts:
Et que votre oncle a fait graver, à sa prière,
Pour sauver votre honneur, ce nom sur cette pierre.

RENAUD.

Maudit! trois fois maudit! Ah qu'il me serait doux
De me percer le cœur, là, près d'elle, à genoux!
Non, je l'offenserais, cette noble victime!
Mais, je n'ai pas encore assez pleuré mon crime.
Le sort qui me poursuit sans jamais se lasser,
Me garde quelques jours bien tristes à passer.
Eh bien! en attendant qu'à mon tour je succombe,
Je viendrai chaque soir pour pleurer sur sa tombe.
Toi, Julien, va trouver mon père aux cheveux blancs.
Hâte-toi de partir, tes pas sont bien tremblants.
Et tandis que la mort auprès de nous s'avance,
Va dire adieu pour moi... pour elle, à la Provence.

JULIEN.

Hélas! plus affligé encore qu'en partant,
J'aime du moins, mon fils, à te voir repentant.
Oui, car le repentir trouve aussi sa couronne,
Achève donc en paix tes jours, Dieu te pardonne.

FIN.

SALUT AUX MAITRES.

Tandis que sur vos lyres d'or,
Grands maîtres de la poésie,
Vous inonderez d'harmonie
Les riches salons de Feodor ;

Tandis que vos accords sublimes,
Rendus par les plus nobles vers,
Feront le tour de l'univers,
Allant aux fonds, montant aux cîmes :

Vous me laisserez quelquefois
Sous ces poétiques allées
Qui me rappellent mes vallées,
Jouer sur ma lyre de bois !

AUX ALPES.

C'était au pays de Provence,
La neige couvrait les chemins,
Les glaçons couvraient la Durance,
Les pinsons chantaient sur les pins.
Chantez oiseaux ; chantez Mariane.
Elle vint prendre par la main
Et le mena dans sa cabane,
Un pauvre enfant, un orphelin !..

La cabane était bien petite :
Simple cabane dans les bois
Que recouvrait la clématite
Et que visitaient les chamois.

Et pourtant quand la jeune fille
Sur la porte se présenta,
Aussitôt toute la famille
Autour du feu se resserra.

L'aïeule, presque centenaire
Qui dans un coin filait son lin
Se leva même la première,
Pour faire place à l'orphelin.

. . . .
La neige fond, tout se colore,
L'herbe pousse sur les chemins,
Mais les pinsons chantent encore
Chantent toujours, eux, sur les pins !...

C'EST L'OURAGAN.

Leurs noires ailes étendues,
Silencieux, par escadrons ;
Les corbeaux volent dans les nues,
Traçant de sinistres sillons.

La nature qui se recueille,
Jusque dans ses bas fonds mugit ;
  Un frisson parcourt chaque feuille :
Tout être tremble, tout frémit.

L'hirondelle a rasé la terre,
Poussant un cri de désespoir.
Et le premier coup de tonnerre
A retenti dans le ciel noir !

. . . .

C'est l'ouragan ; il grêle et tonne,
Voyez, les arbres sont tordus...
Invoquons vite la Madone,
Ou bien nous sommes tous perdus.

CE QU'ON GAGNAIT A LA CROISADE.

A vingt ans, armé de sa lance,
Le fils d'un noble châtelain.
S'en alla, rempli de vaillance,
Guerroyer en pays lointain.

Longtemps, Jeanne sa fiancée
Attendit en vain son retour.
Enfin, comme une fleur fanée.
Priant, elle mourut d'amour.

Le vieux châtelain, triste et sombre,
Erra, rongé par le souci,
Autour du donjon, comme une ombre,
Et puis après mourut aussi.

Alors les douces hirondelles,
Avec les féroces vautours,
Les unes dessous les tourelles,
Les autres sur le front des tours
Seuls êtres vivants, habitèrent
Ce mélancolique séjour ;
Car bien des ans se succédèrent
Encore avant le maudit jour

Où le roi Pierre de Castille,
Ravageant le Rhône, abattit
Ce château qu'on avait bâti
En même temps que la Bastille.

La lune a voilé sa présence,
Un chevalier, vêtu de noir,
Arrive après trente ans d'absence,
Sur les ruines de son manoir.

Il ne profère aucune plainte.
Fait prisonnier par Saladin,
Celui qui vient de Terre-Sainte
N'est plus le jeune paladin.

Tombant à genoux, sa pensée
Lui représente son départ,
Son vieux père et sa fiancée.
Soudain il dit, d'un air hagard :
« Seigneur, tu combles la mesure,
Je suis parti vaillant et beau
Et tu me rends une masure
A moi qui te rends ton tombeau.

LE PROSCRIT.

Le bâtiment est prêt. Déjà l'hélice gronde :
Le proscrit va partir; même on dirait que l'onde
Impatiente n'attend que l'heure du départ
Et semble s'irriter de ce trop long retard.
Mais voilà qu'il se meut un grand cri du rivage :
Cri déchirant, s'entend ; lui, cache son visage
Sans oser regarder, muet de désespoir.
Ce voile s'agitant comme un signal d'espoir,
Son âme, en ce moment, se remplit d'amertume,
Le regard morne, il suit ce blanc sillon d'écume,
Qui bientôt disparaît, laissant à l'horizon,
Sa femme, ses enfants, ses amis, sa maison.
Le ciel est clair et bleu et la mer est splendide,
Le goéland fend l'air sur le vaisseau rapide,
Pour charmer les ennuis d'un voyage lointain
Le mousse au haut du mat chante un joyeux refrain.

ÉPITRE DE St-JACQUES DE LA TOUR AUX PARISIENS.

Depuis près de mille ans, que du haut de ma tour
Je vous vois à mes pieds bourdonner chaque jour,
Impassible témoin de tout ce que vous faites,
Jamais je ne vous vis de si drôles de têtes ;
Non, jamais, même au temps de la reine Isabeau,
Et cependant, déjà, vous n'aviez rien de beau.
Oui, c'est la vérité, je le dis sur mon âme,
J'en parlais l'autre soir aux tours de Notre-Dame ;
Causant comme des gens liés par l'amitié,
Toutes deux convenaient que vous faites pitié :
Oh ! n'allez pas crier selon votre habitude
Que vous parler ainsi c'est de l'ingratitude,
Et qu'au lieu de tenir ce langage insensé,
Je devrais vous bénir de m'avoir restauré.
Mon Dieu ! croyez-vous donc que la tête dans l'herbe,
Avec une oraison que m'aurait fait Malherbe,
          Je ne serais pas si content
          Que de me voir comme un miracle
          Offert aux badauds en spectacle.
          Comme un antique monument ?...
Je ne suis pas trop fier qu'Rosseman ait cru sage
De respecter en moi un peu le moyen-âge,
Sans doute il fut un temps, hélas ! bien loin de nous,
Où j'étais très heureux de me voir parmi vous :

On s'amusait à la Courtille
On partait casque et gantelet :
Je pouvais dire à la Bastille,
Bonjour, ainsi qu'au Châtelet.
N'importe, je ne suis pas mécontent au fond.
Malgré que votre gaz ait éteint mes lanternes,
Je veux toujours vous voir avec des yeux paternes,
Et conserver longtemps encore mon aplomb.
Ainsi faites donc mal ou bien ;
Vraiment, s'il me fallait fâcher à chaque bourde,
Je vous aurais lancé depuis longtemps ma gourde ;
Mais je ne suis pas saint pour rien.
Pourtant, foi de troisième apôtre,
Soyez certains qu'un jour ou l'autre ,
Je me sens tellement confus
De voir qu'on se fait quadrupède,
Que le premier vélocipède
Qui passe j'y tombe dessus.

LE MERLE.

Je vais vous raconter l'histoire
Du merle d'un brave curé,
C'est un peu difficile à croire,
Et cependant c'est arrivé.

Ce merle savait contrefaire
La voix des hommes et parler.
Mais le plus drôle de l'affaire,
C'est qu'on le laissa s'envoler.

Or le héros de l'aventure,
Ayant été tout jeune pris,
Instruit et nourri dans la cure,
Avait promptement tout compris.

Nul ne savait mieux au village
Comme son maître officiait,
Comme il faisait pour le mariage,
Et même comme il confessait.

Etant donc sorti de sa cage,
Monsieur le merle sans façon
Se dit : Ce ne serait pas mal sage
D'aller prêcher dans le vallon.

Un jour que son naïf langage
Faisait sourire un vieux pinson,
Il vit dans le frais du bocage
S'avancer Pierre avec Louison.

Pierre disait : Louison, je t'aime,
Je t'aime depuis le moment.....
Assez! assez ! va, moi de même,
Ajoutait Louison tendrement.

Lui, témoin de ce doux mystère,
Leur fredonnait tout doucement :
Il me semble qu'au presbytère
On se mariait autrement.

Voyant que le couple peu prude
Mêlait les baisers aux serments,
Il leur siffla d'une voix rude :
Vous oubliez les sacrements.

ANGOISSE.

Quand Judas eut reçu de la main du Grand-Prêtre
Le prix de son forfait, à savoir : trente écus,
Il les mit tout joyeux dans sa bourse de traître,
Puis, suivi de soldats, alla livrer Jésus.

Le Christ était alors au Jardin des Olives,
    Premier terme de son trépas ;
Il avait, avec Jean et ses autres disciples,
    Fait avant un dernier repas.

Les apôtres dormaient ; la tête dans sa main,
    Lui rêveur, sondait l'avenir
Pour voir ce que ferait ce pauvre genre humain
    Pour lequel il allait mourir.

Quand au lieu de l'amour il vit toujours la haine
River à ce forçat son éternelle chaîne ,
Quand au lieu de la paix qu'il venait de prêcher,
Il le vit de ses mains toujours se déchirer ;
Quand un écho lointain , fait de cris, de bruit d'armes,
Vint frapper son esprit ; qu'il vit le sang, les larmes

Mélangés, s'écouler comme un vaste torrent,
Il se plaignit à l'ange ! Il voulut un moment
Eloigner de son front la couronne d'épine
                    Qu'on préparait déjà.
Une angoisse sans nom lui brisa la poitrine :
                    L'homme-Dieu s'affaissa !

RIEN DE BON.

On ignore pourquoi les servants des maçons
Et les enfants-de-chœur sont de si francs lurons ;
Mais il est convenu qu'ils sont à bonne école.
Voici le tour qu'un d'eux fit à Monsieur Nicole,
Un brave et bon curé du côté de Banon.
Un jour, son maître allait, méditant un sermon,
Et de fait dans deux jours c'était la grande fête.
Patronale, et cela lui trottait par la tête,
Il n'avait rien de prêt ; pourtant même à Banon
On ne peut dans ces cas se passer de sermon.
Il avait depuis peu prêché sur Ste-Ursule.
Comme il était rêveur, paf ! arrive une bulle !
Bon, dit-il, je n'avais qu'un vieux prône en latin.
C'est bien ce qu'il me faut pour dimanche matin.
Le dimanche en effet, plus gai que d'habitude,
Il monte en chaire, l'air plein de béatitude.
Chacun se tait alors, même le marguillier,
Laissant les chiens en paix, s'accoude à un pilier.
Or, comme il rayonnait dans son surplis de tulle,
Voilà qu'il s'aperçoit qu'il a laissé la bulle.
Rien-de-bon, dit-il bas, va chercher ce papier
Que j'ai placé, tu sais, dans l'armoire avant-hier.
Va, file promptement, prends la clé de la cure,
Sans oublier après de fermer la maison

Et d'essuyer tes pieds dessus le paillasson.
C'est ici du gamin qn'on va voir la nature.
Au lieu de s'empresser de se rendre à la cure,
Il s'en alla tout droit s'amuser au bouchon.
Cependant le curé trouvait le temps bien long ;
Chaque instant de retard croissait son impatience.
Afin de la calmer il voulut parler science :
«Mes chers frères dit-il, la lune, le soleil...
(Ah ! le drôle ! a-t-on vu jamais rien de pareil ?)
Il allait repasser du ciel chaque merveille,
Quand l'enfant arrivant calotte sur l'oreille,
Lui remet un papier : c'était une chanson
Qui se chantait partout alors au cabanon !
Le curé l'ouvre et lit : « *La belle Jeanneton.*»
Il regarde l'enfant et lui dit : Quel grimoire !
Où était ce papier ? — Monsieur, dedans l'armoire,
Bon ! mes frères, sachez qu'écrivant sans façon
Le Pape au lieu de Jean met parfois Jeanneton
C'est familier, — *Passant l'autre jour la rivière*»
Chers frères, admirez le sublime courage
Du St-Père passant la rivière à son âge;
Il pouvait se geler. « *Leva son cotillon*»
Rien-de-Bon, as-tu pris vraiment ça dans l'armoire ?
Oui, M. le curé, oui, vous pouvez me croire.

     Voici, frères : le cotillon
     Est une sorte de faquine
     Que l'on se met dessus l'échine
     Pendant la mauvaise saison.

«Son cotillon jusqu'à la jarretière.»
Rien-de-Bon, ne t'es-tu pas trompé de placard ?
Il faudrait me le dire et cela sans retard.—
Non M. le curé, je l'ai pris, je vous jure,
Dans l'armoire du coin près de la confiture.
Qui sait ? dit le bon prêtre en rangeant son collet,
Le Pape aura voulu montrer son beau mollet.
Rien-de-Bon ?— Quoi M. ? Voyons, tête légère
T'es-tu bien assuré si dessus l'étagère
Il n'y avait ni papier, ni aucun autre écrit?
S'il y en avait, M., c'est vous qui l'aurez pris
Pour.. Tais-toi vilain ! «M., je vous assure
Que je l'ai fort bien pris près de la confiture :
Alors les assistants étonnés virent... »
Nicole stupéfait fait un pas en arrière
Et lance à Rien-de-Bon son pied dans le derrière,
En ajoutant tout haut : Le reste est en latin ;
Je vous le traduirai pour dimanche prochain. »

PÉDRILLO.

On promet une récompense
A qui trouvera Pédrillo.
Comme il a disparu l'on pense
Qu'il se sera jeté à l'eau.

Mais c'est en vain qu'avec la perche,
Et en amont et en aval,
Dans tous les canaux on le cherche
Depuis la fin du carnaval.

Ses amis touchés de sa perte
Sont partis chacun d'un côté,
Afin d'aller en découverte ;
Aucun d'eux ne la rencontré.

Peut-être fait-il quelque étude
Sur la nature dans les bois :
Voici sa tenue d'habitude
Si vous le rencontriez parfois.

Sous un large chapeau de paille
Il fume comme un mandarin.
Un foulard bleu serre sa taille
Et... son pantalon de nankin.

Sa chevelure qui l'inonde
Lui donne l'air de Robinson ;
Tout en frisant sa barbe blonde
Il fredonne quelque chanson.

Je connais, moi, certaine brune,
Aux doux yeux bleus, aux dents d'émail,
Que cette réclame importune
Fait rougir sous son éventail,
Cherchez la parmi les plus belles
Qui promènent sur le Prado,
Je crois qu'elle sait des nouvelles
De ce cher ami Pédrillo.

LA VALLÉE DE JOSAPHAT.

On vous a dit, mes amis,
Que dans certaine vallée
Du pays de la Judée
Nous serions tous réunis
Et qu'au son de la trompette
Nous lèverions tous la tête
Pour nous entendre juger.
Là, pas une simple chaise
Afin de nous mettre à l'aise.
Nous serons droits sans bouger.
Nous serons d'autant moins bien
Que St-Jean l'Apocalypse
Promet une forte éclipse
Et que nous ne verrons rien,
Si l'on ne prend même soin
Sur un si petit espace
De laisser un peu de place
Pour ceux qui viendront de loin ;
Ils se facheront tout net
En nous trouvant au complet ,
Eh bien, non, voici l'affaire,
Je la trouve, moi, fort claire.

Allons, ne voyez-vous pas
Que ceux qui sont égoïstes,
Méchants, matérialistes,
Ne ressusciteront pas ?
La vallée sera donc grande
Assez pour la faible bande.

(Chacun de vous l'a compris)
Des gens de cœur et d'esprit.

LE DOUTE PHILOSOPHIQUE.

Il connaissait à fond la science de ce monde,
Il avait voyagé sur la terre et sur l'onde,
Vu de près l'idolâtre et de près le chrétien.
Il s'assit un jour triste et dit : Je ne sais rien.
Alors son âme erra comme un bateau sans voiles
Sur l'immence Océan par un Ciel sans étoiles.
Le doute l'envahit, son souffle glacial
En passant sur son front lui mit un air fatal.
Tout-à-coup, il cria : sur ta pauvre planète,
Sans lumière à tes pieds, sans Dieu dessus ta tête,
Va, pauvre humanité, suis ton éternel cours.
Nul désormais ne peut venir à ton secours ;
Et quelle est donc la voix qui serait entendue ?
Le Christ a bu du fiel, Socrates la ciguë
Et tu tiens toujours prêts le glaive ou la prison
Pour qui voudrait t'ouvrir un meilleur horizon.
Eh bien, reste donc là, ô terrible entêtée,
Dévorée, sur ton roc ainsi que Prométhée.
Tout ton rôle ici-bas est de naître et mourir.
Un génie malfaisant te créa pour souffrir.

Non, ce n'est pas un Dieu ! S'il est, que son tonnerre
M'écrase ! car je viens lui déclarer la guerre.
Oui viens me foudroyer, toi le grand, toi le fort !
Donne-moi la croyance ou donne-moi la mort.

UN MARIAGE D'ARTISTES

Vaudeville en 1 acte.

PERSONNAGES :

M. Gobetout, père. — Gustave Gobetout, son fils. — Mlle Giroflée, servante de Gobetout, père.

M. GOBETOUT.

Et voilà ce que c'est d'avoir des enfants artistes et peintres, s'il vous plaît; ça prend sa volée avec son léger bagage sur le dos, laissant le papa Gobetout seul au coin de son feu. Gustave s'est dirigé du côté de l'Espagne, Henri du côté de... ma foi, je ne le sais pas plus que vous, messieurs, d'autant que mes drôles semblent avoir oublié qu'il existe des postes et des télégraphes et qu'ils me plantent là sans nouvelles.

Mlle GIROFLÉE, *arrivant, deux lettres à la main.*

En voici, en voici des nouvelles !

M. GOBETOUT.

Ah ! ah ! voyons vite. Tiens ! tiens ! Ça, ça, ah ! j'y
suis, Cadix : c'est Gustave qui va nous apprendre sans
doute qu'on l'a élu roi d'Espagne; au fait, pourquoi pas ?
il a des vices de prince, ce garçon.là. (*Il lit.*) Cher père,
je suis sûr à présent que Louis XIV avait un grand nez.

M. GOBETOUT.

Qu'il est bête !

Mlle GIROFLÉE.

Ça vient de famille !

M. GOBETOUT.

Hein ! Qu'est-ce qui vient de famille, Mlle Giroflée ?

Mlle GIROFLÉE.

Le nez de Louis XIV.

M. GOBETOUT.

Ah ! (*Il poursuit sa lecture.*) C'est pour cela qu'il a dit
qu'il n'y avait plus de Pyrénées. Oh! si, y en a, j'y suis
resté égaré huit jours dedans. Enfin me voici en pleine
Espagne. Ah! le charmant pays, mon père ! personne
ici ne travaille, aussi les artistes sont très appréciés...
mais écoute la grande nouvelle.

Mlle GIROFLÉE.

On l'a fait roi d'Espagne ? J'y vais.

M. GOBETOUT, *sans répondre, continue.*

Je suis marié.

Mlle GIROFLÉE.

Marié ! marié ! Oh ! le scélérat ! et c'est pour cela qu'il a été faire des paysages en Espagne.

M. GOBETOUT.

Hé ! finis donc ou nous n'en verrons pas le bout.

Mlle GIROFLÉE.

Mais, monsieur, il est marié ! Le mariage, c'est le bout ; quel autre bout vous faut-il donc à vous ?

M. GOBETOUT, *haussant les épaules.*

Avec la fille du commandeur Ficelar, un des plus grands propriétaires d'Espagne qui possède plusieurs châteaux dans l'Estramadure et au Mexique la mine d'or inépuisable de Blagoria, de crainte qu'on ne nous volât dans ces temps de troubles.

Je dois toucher sur la caisse du banquier Coffrevide à Paris la somme de cinq millions de réaux, montant de la dot présente de ma femme Tonnieta Ficelar.

Mlle GIROFLÉE.

On lui donne cinq millions de rateaux ! et que veut-il en faire ? ils ont peut-être une commande du gouvernement. Je suis surprise qu'on ne leur ait pas commandé quelques fourches aussi.

M. GOBETOUT.

De réaux, imbécile, c'est une monnaie espagnole.

Mlle GIROFLÉE.

Ah ! bien, je comprends à présent.

M. GOBETOUT.

C'est heureux ! (*Il continue.*) Je vous ménage la surprise d'un prompt retour, ayant pour toute suite le Caballero Bendago, noble Castillan, que des malheurs on obligé à se mettre en condition et dont ma chère Tonneta n'a pas voulu se séparer. A bientôt donc, cher père ; croyez que malgré ma nouvelle position de fortune, je serai toujours votre fils respectueux. — Gustave Gobetout.

M. GOBETOUT.

Je l'avais toujours dit que cet enfant était né coiffé.

Mlle GIROFLÉE.

Dam ! du moment qu'il a épousé une Espagnole.

M. GOBETOUT.

Passons à l'autre lettre. Elle est d'Henri. Je connais ça. Voyons ce qu'il nous dit, celui-là. (*Il ouvre la lettre et lit*).

Cher frère, tandis que Gustave cherche probablement fortune en Espagne, je vis, moi, d'art et d'amour aux environs de Paris, dans une délicieuse petite vallée. Dois-je vous dire qu'à propos d'un portrait, je suis tombé éperdûment amoureux d'une jolie fillette blonde. (*Mlle Giroflée, bas, à part, canaille de M. Henri, qui me disait qu'il n'aimait que les brunes.*) Orpheline et ne possédant rien, elle a pour tout soutien une tante, veuve d'un officier du 2ᵉ empire qui vit d'une pension que lui a laissée son mari le capitaine Vermouth, et c'est tout. D'autre part, nous n'attendons pas le plus petit oncle d'Amérique ni d'ailleurs, et pourtant le plus beau jour de ma vie sera celui où devant l'autel je pourrai consasacrer mon union avec Louise. (*Mlle Giroflée à part : Quelle scélératesse !*) Car c'est Louise qu'elle s'appelle, j'oubliai de vous le dire, Louise Canette. A bientôt, cher père, de plus amples détails. Votre fils respectueux et artiste, Henri Gobetout.

M GOBETOUT.

Oh ! oui, artiste ! il faut l'être en effet pour s'amouracher d'une fille qui n'a rien.

Mlle GIROFLÉE.

Eh ! mon Dieu ! M. Henri pour se payer de son portrait, veut prendre son modèle. Tenez, M. Henri me fait penser que j'en avais un, d'oncle, moi, qui s'embarqua pour l'Autrelit à St-Malo sur le navire *L'Aventure* capitaine Mistral, un Marseillais.

M. GOBETOUT *(riant)*.

Pour l'Australie, tu veux dire. Bon ! Et pourquoi faire ?

Mlle GIROFLÉE.

Hé ! Du commerce avec les indigènes.

M. GOBETOUT.

Ah ! Et qu'est-ce qu'il offrait à ces braves gens ?

Mlle GIROFLÉE.

Des cadenas qu'il avait portés et des mouchoirs de nez.

M. GOBETOUT.

Mais ils sont tous nus, les indigènes !

Mlle GIROFLÉE.

Précisément, les cadenas devaient servir à fermer leurs malles.

M. GOBETOUT.

Etait-il gras, cet oncle?

Mlle GIROFLÉE.

A quoi bon ?

M. GOBETOUT.

A ce qu'il ne fût pas mauvais, si ces indigènes l'avaient fait rôtir, car j'ai ouï dire qu'ils font rôtir les hommes gras et qu'ils font bouillir les maigres.

Mlle GIROFLÉE.

Ah! mon pauvre oncle aura été mis en daube ! Le roi de ces sauvages aura pris ses cadenas pour des machines infernales, et comme ses sujets ne se mouchent probablement qu'avec leurs doigts, son commerce ne lui aura pas réussi.

M. GOBETOUT.

Pourvu qu'il ait réussi à échapper à la daube! mais rassure-toi, Giroflée. Le hasard est si grand, cet oncle peut revenir ; il y a des personnes qui sont revenues d'Amérique sans y avoir été ; à plus forte raison, ton oncle...

Mlle GIROFLÉE.

Oh ! monsieur, s'il était ici...

M. GOBETOUT

Il ne serait plus là-bas ; c'est obligatoire.

Mlle GIROFLÉE.

Bon ! bon ! vous plaisantez. En attendant, si M. Gustave nous tombe sur les bras, où allons-nous loger tout ce monde ?

M. GOBETOUT.

Bah ! il n'y a pas tout un monde. Gustave et sa femme occuperont les deux chambres à gauche de l'hôtel, nous n'avons pas besoin de nous déranger.

Mlle GIROFLÉE.

Et le Caballestro Bendago ?

M. GOBETOUT.

Ah ! le Caballero. Eh bien ! le Caballero couchera dans la petite chambre au-dessus de la tienne.

Mlle GIROFLÉE.

Et vous croyez que je vais me mettre cet Espagnol dessus ?

M. GOBETOUT.

Cela ne te va pas, nous lui donnerons alors la petite chambre au-dessous.

Mlle GIROFLÉE.

Bien moins encore ; ces Espagnols ont tous des échelles de poche pour escalader les balcons ou les fenêtres.

M. GOBETOUT.

Mais alors, qu'allons nous faire de cet Espagnol?

Mlle GIROFLÉE.

Je vous le demande ?

M. GOBETOUT.

Si nous le renvoyions en Estramadure ?

Mlle GIROFLÉE.

Une idée ! S'il était aimable, il vaudrait peut-être mieux me le donner pour mari ?

M. GOBETOUT.

Oh ! oh ! toi qui as juré de ne jamais te marier.

Mlle GIROFLÉE.

Je n'ai pas compris les Espagnols dans mon serment.

M. GOBETOUT.

Je vois, je vois, tu y as compris tous ceux qui ne te plairaient pas. Rassure-toi, nous verrons; si le Caballero se montrait trop incandescent. (*mais qu'est-ce que ce bruit ?*) ce sont peut-être eux, je parie.

(*La porte s'ouvre, Gustave, sa femme et le caballero entrant.*)

M. GUSTAVE.

Cher père, je vous présente ma femme (*M. Gobetout les embrasse en disant :*)

Soyez les bien-venus, mes enfants.

M. GUSTAVE.

Ah ! le beau pays que l'Espagne !

M. GOBETOUT.

Et surtout les jolies femmes ! (*La senorita s'incline, le caballero Bendago fait les yeux doux à Mlle Giroflée qui dit tout bas à M. Gobetout : Ah ! monsieur, comme il est incandescent !*)

Allons, mes enfants, allez prendre un instant de repos, tandis que le dîner s'apprête, Mlle Giroflée, conduisez-les dans leur appartement. (On sort.)

M. GOBETOUT *seul.*

Hé ! hé ! elle n'est pas mal, la senorita ; cinq millions de réaux, des châteaux en Estramadure, la mine de Blagoria. Ah ! c'est Henri qui va en faire une, lui, de mine, quand il apprendra que Gustave a fait un si riche mariage, tandis que lui... Peuh ! s'amouracher d'une fille qui n'a rien, là, bêtement, en faisant son portrait ; mais c'est stupide. Heureusement que le papa Gobetout, ancien concierge chez le baron Mitaine, n'avait pas le même pinceau. Oh ! non ! et qu'il lui a gagné de quoi faire ses portraits gratis. Je me souviendrai toujours qu'une fois le baron Mitaine, ayant oublié ses gants..

Mlle GIROFLÉE *accourant*.

Ah ! M. quelle incandescence ! Le caballestro met tout à feu et à sauce dans la cuisine. Il n'a probablement plus rien mangé depuis son départ de Cadix. J'ai cru qu'il allait dévorer les chenets, il a bu jusqu'au vinaigre.

M. GOBETOUT.

Diable ! c'est fort ça.

Mlle GIROFLÉE.

C'est ce que m'avait dit l'épicier en me le vendant.

M. GOBETOUT.

Que diable parles-tu d'épicier ? Tu comprends, l'air des Pyrénées...

Mlle GIROFLÉE.

Ah ! oui, oui, je comprends ! favorise, il paraît, joliment l'appétit.

M. GOBETOUT.

Il n'a pas joué des castagnettes ?

Mlle GIROFLÉE.

Non, mais il a joué à ravir des mâchoires.

M. GOBETOUT.

Il n'y a pas encore de danger pour toi, alors ; mais si tu le vois pirouetter, Giroflée ! tu sais, je compte parler de toi au Maire de Nanterre . et si...

Mlle GIROFLÉE.

Oh ! il n'y a pas à rire là, si ces espagnols mangent de la sorte, non-seulement ils mangeront leur cinq millions de rateaux, mais encore l'Estramadure, la mine de Blagoria et que sais-je moi encore ? le détroit de Gibraltar.

M. GOBETOUT.

Rassure-toi, ce ne sera qu'un appétit de passage, ça ne peut pas durer.

Mlle GIROFLÉE.

Sûrement, que ça ne peut pas durer. D'abord, moi, je ne le souffrirais pas. Ah ! dites, M. Gobetout, le Cabaliestro m'a dit qu'il avait été tout jeune Théodoros.

M. GOBETOUT.

Théodoros ! est-ce qu'il voudrait par hasard se faire passer pour le roi Nègre d'Abyssinie ? Il a été tué.

Mlle GIROFLÉE

Dans un cirque ?

M. GOBETOUT.

Mais non par les Anglais à la bataille de Magdala.

Mlle GIROFLÉE.

Je croyais que c'était par un taureau.

M. GOBETOUT.

Ah ! l'imbécile ! c'est toréador que tu veux dire.

Mlle GIROFLÉE.

Hé mon Dieu ! oui, taureaudor, il y a bien eu des veaux d'or. Qu'allez-vous me parler d'anglais, d'Alyssinie, vous n'êtes pas malade ?

M. GOBETOUT.

Ma foi ! non.

Mlle GIROFLÉE.

Tant mieux, parce que voyez-vous ? je vous quitte. Le Caballestro m'a promis de me mener en Espagne. C'est un prince déguisé qui se fait passer pour rien du tout, rapport à la révolution, mais qui possède une grande fortune et une mine aussi ; c'est même deux qu'il en a, je crois. Car tous ces grands d'Espagne en ont, des mines ! En attendant il m'a dit que nous trouverions un asile près de sa sœur, supérieure du couvent de Santa-Turlureta dans l'extrême mature.

M. GOBETOUT *pensif*.

Le Caballero t'a dit cela ?

Mlle GIROFLEE.

Oui, tout en mangeant.

M. GOBETOUT.

Pauvre Gustave, je crains bien...

Mlle GIROFLÉE.

Comment pauvre! avec cinq millions de rateaux! est-ce
que vous craignez qu'il les mange?

M. GOBETOUT.

Je crois tenir le fil...

Mlle GIROFLÉE.

Ah! vous avez peur peut-être que le commandeur
Ficélar ait un fils? lors même, n'est-il pas assez riche?

M. GOBETOUT.

C'est quelque chevalier...

Mlle GIROFLÉE.

Sûrement que c'est un chevalier. Est-ce que l'Espagne
n'est pas le pays des chevaliers? N'avez-vous pas lu l'histoire de ces chevaliers errants pour marier les veuves et
les orphelins?

M. GOBETOUT.

Depuis que ceux-là sont disparus, il n'y a guére plus
que les autres...

Mlle GIROFLEE.

Et comment sont faits ces autres?

M. GOBETOUT.

Et comme le Caballéro probablement qui veut te con
duire au couvent de Turlureta...

Mlle GIROFLÉE.

Alors, vous croyez.

M. GOBETOUT.

C'est-à-dire que je commence à ne pas croire.

Mlle GIROFLÉE.

Est-ce que M. Gustave ne vous a pas dit dans sa lettre
que le commandeur Ficelar possédait plusieurs châteaux ?

M. GOBETOUT.

Si, si, en Espagne.

Mlle GIROFLÉE.

Voudriez-vous donc qu'il les eût en Picardie, près du
vôtre, ce Monsieur Ficelar ?

M. GOBETOUT.

Ça vaudrait mieux.

Mlle GIROFLÉE.

Et la mine de Blagoria ?

M. GOBETOUT.

Une blague ! Giroflée, une immense blague.

Mlle GIROFLÉE.

Vous y tiendrez votre tabac ! Moi je cours arracher les yeux au Caballestro, lui dire qu'il n'est pas Espagnol, il doit avoir fini de manger.

M. GOBETOUT seul.

C'est certain, j'ai une couple d'intrigants sous mon toit, il serait bien superflu d'aller aux renseignements auprès du banquier Coffrevide.

Mlle GIROFLÉE accourant.

Miséricorde ! non-seulement, Monsieur, le coffre est vide, mais tout, tout, votre secrétaire, vos tiroirs, cette grande frisée de Senorita et le Caballestro se sont enfuis en vous volant.

M. GOBETOUT.

Mille tonnerres ! et Gustave ?

Mlle GIROFLÉE.

Il dort paisiblement sur le canapé.

M. GOBETOUT.

Au diable les artistes !

(M. Gustave arrivant tout surpris.)

Que voulez-vous, mon père ?

M. GOBETOUT.

T'étrangler, triple animal, pour m'avoir amené tous
les filous de l'Espagne dans ma maison. Ta prétendue
femme et cet intrigant qu'elle a à sa suite viennent de
s'enfuir en me dévalisant.

M. GUSTAVE.

Déjà !

M. GOBETOUT.

Comment, déjà ? est-ce que tu t'y attendais peut-être ?

M. GUSTAVE.

Oh ! je ne sais plus ce que je dis, c'est un rêve.

Mlle GIROFLÉE.

Oh ! voyez-vous, quand j'ai vu que cet homme buvait
du vinaigre...

M. GOBETOUT.

Bon, un rêve ! tu me la bailles belle, et mes valeurs
enlevées ? C'est un rêve, cela aussi ? C'est du crû, ça !
Holà ! holà ! Giroflée, va vite chercher mon vélocipède
que j'attrappe ces brigands des Pyrénées.

Mlle GIROFLÉE.

Voilà ce qu'ils ont perdu en s'enfuyant.

M. GOBETOUT.

Ah ! si c'était mon argent.. Si un bon remords.. Tiens !
un chignon.

Mlle GIROFLÉE s'en empare disant : c'est toujours ça.

Des cigarres. — (M. Gustave en prend un, l'allume et dit à part : Véritable havane ! il n'y a rien à ces Espagnols pour avoir de bons cigares, et voilà ce qui me reste de mes illusions, un peu de fumée...) — Oh ! oh ! un passeport, ça va nous éclairer, lisons : Prosper Munition, né à... Illisible. (Mlle Giroflée à part : Prosper Munition ! mais c'est mon oncle d'Autrelit qui se sera arrêté en Espagne, qui sait ? ce chignon est peut-être la chevelure d'une... et c'est lui, le bigame, qui voulait me mener à Santa Tarlureta). Là M. Gobetout, les bras croisés et d'un ton grognard, dit à Gustave :)

Eh ! bien, M. l'artiste, comment la trouvez-vous, la leçon.

M. GUSTAVE.

Ça vaut un jambon de Bayonne.
　　Aussi j'avouerai sans orgueil
　　Qu'en me cherchant une compagne,
　　Je me suis mis le doigt dans l'œil
　　En allant la prendre en Espagne

A. G.